木洩陽

上

東　幸盛歌集

ふらんす堂

てのひらに ほのと灯りて あたゝかき
思ひを置きて 蛍はとびぬ

幸盛

木洩陽・上／目次

歌集

木洩陽・上

第一章　鷺の姿で

平成二十二年〜二十三年

団扇《うちわ》腰に少し燥《はしや》ぎ浴衣着《ゆかたぎ》で露店の前の群《むれ》に入《い》りゆく

平成二十二年八月

白足袋の似合ふ足なり華やかに御輿《みこし》担《かつ》ぎて街を練りゆく

平成二十二年八月

道標《どうひょう》の朽ちたる道に迷ひ入《い》れば鍬形《くわがた》のゐる杜《もり》に出でたり

平成二十二年九月

栗の実の落ちる音して目覚めしか猫はゆつくり背伸びして去る

平成二十二年九月

邯《かん》鄲《たん》は秋の終りの日溜りの野菊に寄りてよよと鳴き交ふ

平成二十二年十月

巧みなる技もて張りし蜘蛛の巣を髪切虫は破りてとびぬ

平成二十二年十月

緋《ひ》の扇あでやかに振り巫子は舞ふ神を讃《たた》へる唄に合はせて

平成二十二年十一月

紫苑《しおん》咲き秋の音する風に揺れ朝露は陽に光り消えゆく

平成二十二年十一月

北《きた》吹けば遠き故郷《さと》の香《か》嗅ぎ分けて白熊《くま》は一声猛《たけ》く吠えたり

平成二十二年十二月

雪風巻《ゆきしま》き煙れる如き旭橋《あさひばし》肩を窄《すぼ》めて人はゆき交ふ

平成二十二年十二月

初日影縁より入《い》りて奥に置く南天《なんてん》の実は清《さや》に光るも

平成二十三年一月

太刀《たち》翳《かざ》す勇者の氷像凜と立ち真冬日冴《さ》ゆる空を仰ぎて

平成二十三年二月

大寒の窓越し入《い》る陽は和らかく金魚は藻の間を静かに泳ぐ

平成二十三年二月

樺《かば》の芽を啄《ついば》み枝を飛び交ひて小雀《こがら》は森におほらかに啼《な》く

平成二十三年三月

積む雪と見紛《みまご》ふばかり松が枝《え》にしかとまつはりさるをがせ咲く

平成二十三年三月

淵《ふち》に張る氷は解けて水温《みずぬる》む小さき浅瀬に鷺《さぎ》は降りきぬ

平成二十三年四月

雪わけて春先駆けて福寿草つぶらに見ゆるは花芽なるらし

平成二十三年四月

春霞煙《はるがすみけぶ》りて浮きし旭橋大雪山《あさひばしだいせつざん》を背にし明け初《そ》む

平成二十三年五月

汀《なぎさ》には芹《せり》の群あり若芽《わかめ》刈れば水面《みなも》波立ち甘き香《か》は満つ

平成二十三年五月

騎馬戦の勝鬨《かちどき》ならむ風に乗り児等《こら》の明るき春の声きく

平成二十三年六月

若葉もえ蝉時雨してあけにけり社《やしろ》の杜《もり》は祭が近し

平成二十三年六月

届きたる大きな袋は懐かしき山菜の香《か》を庭に放ちぬ

平成二十三年七月

過疎の村繋ぐ峠の切り株に狐まどろむ萱《かや》さわぐ午後

平成二十三年七月

爽やかな風に誘はれ飛び去りし揚羽《あげは》は庭のみつばで育ちぬ

平成二十三年八月

昼顔は伸びゆく萩に縋《すが》り咲く風吹く時は共に靡《なび》きて

平成二十三年八月

ほの暗き夕暮軒《のき》を縫ひて飛ぶ燕は雛を育ててゐるらし

平成二十三年八月

鰻焼く場を設《しつら》へて宵日和香《よいびよりか》に誘はれて列に入《はい》りぬ

平成二十三年八月

アリア奏で弓は烈《はげ》しく舞ひ終へて和める思ひに暫《しば》し目を閉づ

平成二十三年九月

病葉《わくらば》の吹き寄せられて日溜りは暖かければ虫は棲み鳴く

平成二十三年九月

夜《よ》の杜《もり》は風も静かに音澄みて鐘打つごとくこのはづく鳴く

平成二十三年九月

夜《よ》は深くしづもる渓《たに》の宿にゐて「仏法僧《ぶっぽうそう》」と啼《な》く声を聞く

平成二十三年九月

高原の池に小さき島浮きてやんまもとまり風にたゆたふ

平成二十三年九月

飛ぶ鷺《さぎ》の姿で真白き花開く水苔の上にすらりと立ちて

平成二十三年九月

風吹けばまんまはらはら散り敷きて大犬蓼《おおいぬたで》の秋は終はりぬ

平成二十三年九月

重き荷を背負ひて渡る人がありさ逆巻《さかま》く峡《かい》の白き吊橋

平成二十三年十月

丘の上とりどり稔《みのり》の色なして夕陽を浴びて静かに光る

平成二十三年十月

天塩川鉄路に沿ひて北へ行き茫茫《ぼうぼう》とひろがる湿原に入《い》りぬ

平成二十三年十月

北国《きたぐに》の松山湿原《しつげん》擬宝珠《ぎぼうし》は枯れ秋の終りの冷たき風吹く

平成二十三年十月

傷つきし器《うつわ》なれども野の花の入りて馴染《なじ》める部屋の明るき

平成二十三年十月

驟雨《しゅうう》去り深草色の旭橋《あさひばし》濡れて鮮やか涼しく光る

平成二十三年十月

それぞれの色に染まりし擬宝珠《ぎぼうし》は秋の真昼の陽《ひ》に照り映えぬ

平成二十三年十月

枯《かれ》葦《あし》の続く湿原穂《ほ》先《さき》より高く冬毛の鼬《いたち》は跳びぬ

平成二十三年十月

丈高き升麻《しょうま》は白く匂《にお》ひたつ碧《あお》き野菊の叢《むれ》に和みて

平成二十三年十一月

北風は雪の匂《にお》ひを運び来る原野の葦《あし》は枯れて揺るるも

平成二十三年十一月

峰に白き雪おき雲は吹き去りて黒岳《くろだけ》の空遙かに青き

平成二十三年十一月

逞《たく》ましき角を掲げて迷ひ込みし栗毛の鹿は路地駆けぬける

平成二十三年十一月

冬木立水に映りて静かなる岸辺の道を栗鼠《りす》はかけゆく

平成二十三年十一月

栗色の鹿は時《とき》みて吊橋を餌《え》をとる杜《もり》への道と決めたり

平成二十三年十二月

弛《たゆ》みなく吹きつく風にしなやかに揺れ耐《た》ふ枝に潜む鳥あり

平成二十三年十二月

ほの暗き吊花《つりばな》の蔭雪虫は停《とど》まるともなく群れて漂よふ

平成二十三年十二月

落葉松《からまつ》の下草露に濡れし朝茸《きのこ》は密かに伸びて光りぬ

平成二十三年十二月

大き実は弾けて種は飛び散りぬ姥百合《うばゆり》の山は明るき秋晴れ

平成二十三年十二月

辺渓《ぺんけ》より安堵《あんど》の風の吹き来れば鹿は岩場に群れて休らぐ

平成二十三年十二月

懇《ねんごろ》に菰《こも》を掛けたり来る年も大山《おおやま》蓮華《れんげ》は揃ひ咲くべし

平成二十三年十二月

饗動《とよ》みうち吹雪《ふぶ》ける中を着膨れし人で師走の市は賑はふ

平成二十三年十二月

第二章

煌めきながら

平成二十四年〜二十五年

床《とこ》に置く枝つき柚子も添へられて南紀みなべの蜜柑《みかん》は届きぬ

平成二十四年一月

嵯峨菊《さがぎく》は霜除け棚に倚りて咲き小春日長閑《のどか》に暮れなづみゆく

平成二十四年一月

霜柱優しき音たて崩れ落つ猫がそろりと踏みて歩めば

平成二十四年一月

真冬日の風にも耐へて葉牡丹《はぼたん》は色鮮やかに庭を染めたり

平成二十四年一月

葉は落ちて黒き梢のひよどりは鋭く啼《な》きて高く飛びゆく

平成二十四年一月

刈り集《よ》せて軒に吊りたる紫陽花は夕日をうけて明るく光りぬ

平成二十四年一月

打ち枝を集めて挿せる水桶の桂芽吹きぬ暦は二月

平成二十四年二月

切り立ちし岩の上に生《お》ふ老松《おいまつ》は大寒なれど新芽の香りす

平成二十四年二月

峰越えておどろおどろの風くれば松に積む雪をのきて落つ

平成二十四年二月

かんじきをつけて坂路《さかみち》のぼり来《き》ぬ過疎なる村の社《やしろ》は淋し

平成二十四年二月

大粒の霰《あられ》が降れば傘さして行きつ戻りつ児《こ》は土手の上

平成二十四年二月

ワイパーを速《そく》にし嵐の道を来《き》ぬ峠にほのと冬の灯《ひ》点《とも》る

平成二十四年二月

飛び立たむ姿に彫られし氷龍《ひょうりゅう》は晴れし夜明けの街に浮きたつ

平成二十四年二月

激《たぎ》つ瀬《せ》に氷溢れて鬩《せめ》ぎあふ音は軋《きし》みて冷たき夜明け

平成二十四年三月

川霧は湧《わ》きたち昇り橋の上裸《ら》像《ぞう》を包みて暫《しば》し漂《ただよ》ふ

平成二十四年三月

大寒の嵐吹き巻く旭橋《あさひばし》警笛高く救急車はゆく

平成二十四年三月

雪の花風に乱れて舞ひ落つる寒さ緩みし午後の並木路

平成二十四年三月

池の端《はた》雪あかりの道通り抜け祭賑はふ広場に着きぬ

平成二十四年三月

古川は穏《おだ》しき流れ北に帰る鳥は餌《え》のある岸に寄り来《き》ぬ

平成二十四年二月

霧深く長き鉄橋朝まだき一番列車は風招《お》きてゆく

平成二十四年三月

吹き荒るる原野の風に諍《あらが》ひて親子の鹿は雪漕ぎ逃げぬ

平成二十四年三月

路地の奥寒さ緩みて月あかり雪を割る音密かに響く

平成二十四年三月

雪まじり横殴りの風吹き募り街は夕暮れ人急ぎゆく

平成二十四年三月

冬木立湖《うみ》に映れる枝蔭に小鳥の飛ぶを魚《うお》と違《たが》ひぬ

平成二十四年四月

打ち枝を分《わか》つと訪《と》ひ来る人あれば水桶さげて門《かど》に出で待つ

平成二十四年四月

深く積む面《おもて》を粉雪吹き荒れて原野の葦《あし》は音たて靡《なび》く

平成二十四年四月

雪深き街は一日嵐にて人無き辻にもあかりは点る

平成二十四年四月

枯草の根方《ねかた》に小さき緑あり湿原の春は静かにはじまる

平成二十四年四月

温かき雨に洗はれ目覚めたる樺の芽微かに膨らみ初めぬ

平成二十四年四月

生垣の囲外せば刺を持つ枝ははじけて腕にあたりぬ

平成二十四年四月

雪残る坂に塀ある日溜りのつつじはつぶらに開き始めぬ

平成二十四年四月

降り注ぐ春の光に連翹《れんぎょう》は黄に咲き香り甘く満ちたり

平成二十四年五月

檜葉《ひば》の枝《え》に纏《もつ》れて伸びし連翹《れんぎょう》は慎まし密《ひそ》と薄黄に咲きぬ

平成二十四年五月

紫の蝦夷山躑躅《えぞやまつつじ》雪残る庭に開きて麗《うららか》な日なり

平成二十四年五月

蕗《ふき》の薹《とう》水辺にありて愛ほしき冷たき朝に風に打たれて

平成二十四年五月

耕すを待ちゐて背黒《せぐろ》せきれいは柔《やわらか》き土踏み尾羽振りゆく

平成二十四年五月

つぶらなる花を抱《いだ》きて苞葉《ほうよう》は沼地に春の雨あがり待つ

平成二十四年五月

新墾《にいはり》の丘に雲雀《ひばり》は舞ひ降りて餌《え》を啄みて河原に飛びゆく

平成二十四年五月

珍《ちん》至《し》梅《ばい》甘く香れば虫あまた飛び交ふ羽音さやかに響く

平成二十四年六月

水際の山紫陽花は雨後《あめあと》の午後の木洩陽《こもれび》うけて光りぬ

平成二十四年六月

鮮やかに咲きて香れる芥子《けし》の蔭春蘭《しゅんらん》花なく季《とき》は過ぎゆく

平成二十四年六月

消えたりと諦《あきら》めてゐし翁草《おきなぐさ》若芽見えたり春の終はりに

平成二十四年六月

紋黄蝶《もんきちょう》微風《そよかぜ》に乗り高く飛ぶ菜の花の咲く丘にむかひて

平成二十四年六月

リラ冷えの雨にもめげず白き花大山《おおやま》蓮華《れんげ》は凜と咲きたり

平成二十四年六月

花曇り冷たき朝の裏小路いも焼くリヤカー静かに帰りぬ

平成二十四年六月

青き穂の豊かに伸びし麦畠遙か続きて風にたなびく

平成二十四年七月

涼風《すずかぜ》は庭に渡りて漂ひぬ甘き川の香《か》深く吸ひたり

平成二十四年七月

もぢずりは消《け》ぬがにありて密《ひそ》と咲く立秋の風そよ吹く朝《あした》

平成二十四年八月

朝顔は手竹《てだけ》を超えて蜘蛛が張る糸を頼りに軒まで届く

平成二十四年八月

暑き日に燃ゆる炎ののぼるごとカンナは庭を覆ひて咲くも

平成二十四年九月

苗床に残り育ちしひな菊は小さく伸びてつましく咲きぬ

平成二十四年九月

驟雨《しゅうう》去りつづら岩道《いわみち》にごり滝松山《まつやま》湿原《しつげん》七合目の坂

平成二十四年九月

ひよどりに残せし葡萄寒き朝烏《からす》は総て食べ盡くしたり

平成二十四年十月

橅《ぶな》の木にまつはり昇り蔦漆《つたうるし》深く紅葉《もみじ》し夕日に映ゆる

平成二十四年十月

蔦の葉は秋の入陽《いりひ》に輝きて紅き一枚《ひとひら》静かに散りぬ

平成二十四年十一月

泡沫《うたかた》と消えたり庭の初霜は朝日をうけて煌《きら》めきながら

平成二十四年十一月

嵐去り葦叢《あしむら》はるか現れて雪原跳びし野兎《のうさぎ》の跡

平成二十四年十二月

叔父さんの育てしものが一番と型悪き大根風呂吹になる

平成二十四年十二月

支へ欲しき程の枝にも萬両《まんりょう》は赤き実をつけ元朝《がんちょう》迎へぬ

平成二十五年一月

氷像を削る動きの確かなる斧持つ人の眼は輝きて

平成二十五年二月

湿原の雪は流れて葦原《あしはら》は枯れた音する二月は月夜

平成二十五年二月

剪定枝高く積まれて枯葉つく栗の枝口《えぐち》に烏《からす》は飛びぬ

平成二十五年三月

冬の虫幹に這《は》ひ出て陽《ひ》浴《あ》びすも緩《ゆる》き動きに鳥は気づかず

平成二十五年三月

鹿肉は柔かくとも箸迷ふ馴染みの店の料理なるとも

平成二十五年四月

福寿草鉢あげせむと上水道《じょうすいどう》使へば冷たく冬の気《き》残る

平成二十五年四月

街はづれつましき店の窓際に桜を見むと蕎麦を頼みぬ

平成二十五年五月

遅き春小さき庭の片隅の日蔭に白きいちげは咲きぬ

平成二十五年五月

老いし妻ひとり旅だつ荷を持ちて寒きホームに列車を待ちゐぬ

平成二十五年六月

蜻蛉《かとんぼ》は水面《みなも》に近く飛びたれば淵《ふち》の山女魚《やまめ》に捕へられたり

平成二十五年六月

真白なる風見の廻る丘の庭夏の百草《ももくさ》入日に映ゆる

平成二十五年七月

渡り来て鳴きそ騒ぎそさくら鳥森はしじまの朝にしあれば

平成二十五年七月

丘に行く蔓紫陽花《つるあじさい》の白く咲く谷沿ひの道朝は静けき

平成二十五年八月

浜菊の挿穂《さしほ》は雨の庭に咲く海の香りをほのと放ちて

平成二十五年八月

月影のさやけき夕べ露置きし草の穂に出でこほろぎは鳴く

平成二十五年九月

朝歩く習慣《ならい》となりて杜《もり》の鐘澄みて流るる小道を知りぬ

平成二十五年九月

別れなる柩に釘打つ音響き涙ひと筋頰を伝ひぬ

平成二十五年十月

紫《し》苑《おん》咲き雪虫浮きて漂へり冬近き庭ほの暖かき

平成二十五年十月

嵐来る予報のありて水鳥は千鳥《ちどり》が池《いけ》に群れてただよふ

平成二十五年十一月

朝まだきドクターヘリは屋根近く飛び帰り来て人は走りぬ

平成二十五年十一月

白菊《しらぎく》の一枝ありて暮れなづむ窓辺の席に熱き茶は来《き》ぬ

平成二十五年十二月

冬囲ひ終へしつつじの株蔭に黄のつは蕗《ぶき》は遅れ開きぬ

平成二十五年十二月

第三章　連峰の朝

平成二十六年〜二十七年

しめ飾るひめ笹そよぎさやかなる音のみ響き庭静かなり

平成二十六年一月

立春の雨はやさしく街路樹の幹を明るき色にかへゆく

平成二十六年二月

川岸の雪深けれどきさらぎの光をうけて柳は芽吹きぬ

平成二十六年二月

雪交《ま》じへ強くな吹きそ彼《ひ》岸《がん》風《かぜ》北国なれど春の近きに

平成二十六年三月

隣家《となりや》の軒より高く積みし雪嵩《かさ》低くなる音のやさしき

平成二十六年三月

冬籠り醒《さ》めたる朝の街中を烏《からす》鳴きゆく空のさやけき

平成二十六年四月

ビルの横に福寿草売る人ありて硬き蕾《つぼみ》の一株選びぬ

平成二十六年四月

矢車は烈しく回り鯉幟《こいのぼり》腹膨らませ高く泳ぐも

平成二十六年五月

春雷《しゅんらい》は暖かき雨運び来て桜の花芽膨らみ始めぬ

平成二十六年五月

夕立の来れば炎暑《えんしょ》に萎《しお》れたる紫陽花は青く蘇へり咲く

平成二十六年六月

なめくぢの這《は》ひて若葉はあはれなり庭に嵐の過ぎし傷あと

平成二十六年六月

芳《かぐわ》しく槐《えんじゅ》の花の開《さ》く朝《あした》小鳥集まり囀《さえず》り合ふも

平成二十六年七月

サルビアは真紅に燃えて咲きほこるふりそそぐ陽に庭は明るき

平成二十六年七月

和《やわ》らかき朝の光に照り映えて白き牡丹は薫りて咲きぬ

平成二十六年七月

雨あとの紫陽花あをく輝きて葉裏の蛙は枝を登りぬ

平成二十六年七月

水場なき庭に蛙は住みつきて雨降る夜はさはやかに鳴く

平成二十六年七月

毛刈り終へ細き羊は草の上跳ねつつ群の中に入りゆく

平成二十六年七月

チェーンソーの音やみ人の声のして大きく音たて木は倒れたり

平成二十六年七月

栗の雄花房に開きて重ければ夜来の雨にすべて落ちたり

平成二十六年八月

針槐《はりえんじゅ》白き装ほひ穂になりて晴れの朝《あした》を選びて咲きぬ

平成二十六年八月

じやが芋の畝《うね》は続きて花盛り草曳《ひ》く人は見えがくれして行く

平成二十六年八月

心なく踏みしだかれても昼顔はけなげに咲きぬ土手に行く道

平成二十六年八月

立秋の風に揺られて萩は咲く丘は夕暮暑さ緩みて

平成二十六年八月

太陽に背をむけるもあり向日葵《ひまわり》は黄に輝きて丘はあかるき

平成二十六年八月

七夕のうたを子どもの歌ふ宵《よい》こほろぎ涼しく初鳴きをしぬ

平成二十六年八月

軽鴨《かるがも》の描く水輪に浮きし葉は静かに揺れて朝の湖

平成二十六年九月

刈り込みて小さき姿にまとまりて額紫陽花《がくあじさい》は明るく咲きたり

平成二十六年九月

紫陽花の色褪せぬ間にと刈り干せば夕べの軒は華やぎ涼し

平成二十六年九月

吾が身より大きく育ちし子を連れて軽鴨は葦《あし》の繁みに入《い》りぬ

平成二十六年九月

はるばると渡り来《き》大きな音たてて雷《かみなり》しぎは林に降りぬ

平成二十六年九月

岩を打ち散りて飛び降る滝涼し真昼の日射しは虹を作りぬ

平成二十六年九月

緑濃き夏草の丘くるま百合風にそよぎてひそと咲きたり

平成二十六年九月

金毘羅《こんぴら》さん出店一軒樽御輿《たるみこし》担ぐ子たちの小さな祭り

平成二十六年十月

濃く淡く紫の色華やかに朝顔開きぬ夜の明けぬまに

平成二十六年十月

湿原に展望台の鐘打てば遙かに狐去り行くが見ゆ

平成二十六年十月

笹《ささ》の平遠近《だいらおちこち》白き百合咲けど夕暮淋し風たちわたる

平成二十六年十月

湿原は秋の香《か》のする風が吹き展望台の鐘澄み響く

平成二十六年十月

幾重にも積みて雨雲迫り来て空は暗転稲光しぬ

平成二十六年十月

秋の空映して湖《うみ》は静かなり白きボートが浮きて漂ふ

平成二十六年十月

氷雨後はほの暖かき程の風雪を含みて露地を吹き来《き》ぬ

平成二十六年十一月

赤松の幹を頻《しき》りに打ち虫を捕へて啄木鳥《けら》は高く跳びたり

平成二十六年十一月

沢胡桃渓《さわぐるみたに》より栗鼠《りす》は拾ひ来て朽木の元を掘りて埋めたり

平成二十六年十一月

旭橋《あさひばし》の彼方遙けき大雪山《だいせつざん》初雪白き連峰の朝

平成二十六年十一月

霜枯れの庭に残りて葉《は》牡《ぼ》丹《たん》は濃き色なして冬の陽に照る

平成二十六年十一月

縁側の障子に映る秋の色楓の一葉散りて静けき

平成二十六年十一月

流れ星願ひ唱《とな》ふる暇《いとま》なく秋の山際通りて消えぬ

平成二十六年十一月

針槐《はりえんじゅ》あまた稔れば見も知らぬ小鳥訪《と》ひ来て梢に鳴きぬ

平成二十六年十二月

雪虫はたもの木蔭に集まりて白さ際立て浮くごとく飛ぶ

平成二十六年十二月

肥《ひ》後《ご》菊《ぎく》は霜除け棚に囲ひても花咲くことなく師走になりぬ

平成二十六年十二月

クリスマスイヴに似合ひの花を買ふ葉組みする手の動きに惹かれて

平成二十六年十二月

落葉松《からまつ》の明るき梢粉雪《こゆき》舞ひ蔓梅擬《つるうめもどき》の赤き実揺るる

平成二十六年十二月

花虻《はなあぶ》は弱き羽音で晩秋の狂ひ咲く連翹《れんぎょう》に集まりて飛ぶ

平成二十六年十二月

新春のかるた読む声あかるくて小式部内侍《こしきぶのないし》の札はとびたり

平成二十七年一月

おみくじは末吉なりと笑ひつつかがり火脇の松に結ひたり

平成二十七年一月

白樺の森の細道雪の朝牧羊犬は群を追ひゆく

平成二十七年一月

街灯は切れて小暗《おぐら》き裏小路《うらこじ》を冬の嵐は吹きぬけていく

平成二十七年一月

木枯《こがらし》の途絶えし杜《もり》に啄木鳥《きつつき》の木を打つ音は澄みて渡りぬ

平成二十七年一月

かがり火のあかるき社《やしろ》に祈り終へ降《お》りくる顔はみなうつくしき

平成二十七年一月

浮き雲の破《や》れ間《ま》に青き空見えて雪搔《ゆきか》く庭に初日影さす

平成二十七年一月

僅《わず》かなる日射浴びむと冬の虫木の面《も》に出でて暫《しば》し休みぬ

平成二十七年二月

強き風吹き白樺の枝折れて湧き出る樹液に冬の虫来《き》ぬ

平成二十七年二月

撒《ま》きし豆鳩は啄《ついば》み鳴き交ひて立春の庭ほの暖かき

平成二十七年二月

鍛《きた》へたる鉄の刃よりも削られて鋭く光る氷像の太刀

平成二十七年二月

窓に入る冬の光の低ければ部屋の奥なる絵にも届きぬ

平成二十七年二月

雪の下流るる水は春の音小さき橋をゆつくり渡る

平成二十七年二月

雪深き森行き疲れ梢みれば春呼びて鳴き山鳥飛びぬ

平成二十七年二月

電柱に立懸け忘れし雪搔《ゆきか》きの埋もるる程に夜《よ》は雪降りぬ

平成二十七年二月

剪定の音の響きて果樹園は冷たき風吹く北国の二月

平成二十七年二月

幸あれと願ひて雛を並べたる母の思ひを知る時ありや

平成二十七年二月

海苔炙《あぶ》る香《か》はただよひて夕の膳整ひ雛の日は過ぎてゆく

平成二十七年三月

痛き腰さすりさすりて毛せんを畳み八十四の雛の日終る

平成二十七年三月

往き疲れ杖傍はらに雛の餅頬張る人に春の雪ふる

平成二十七年三月

降り積みし雪を潜《くぐ》りて落葉松《からまつ》の残り実捜す小さき鳥は

平成二十七年三月

崖崩れ笹叢《ささむら》青く浮き出れば雪漕《こ》ぎ競《せ》りて鹿は集ひぬ

平成二十七年三月

朝霧の流れてゆけば河川敷の柳は春の色にかはりぬ

平成二十七年三月

東風《こち》吹きて一夜に大きくふくらみしリラの花芽に朝日のやさしき

平成二十七年三月

緋の衣大きくゆれて僧叫ぶ遊山《ゆさん》の群は暫《しば》し鎮《しず》もる

平成二十七年三月

生垣に崩れかかりし雪の間につぶらなひとつ蕗《ふき》の薹《とう》見ゆ

平成二十七年四月

辛夷《こぶし》の枝《え》川にさし出て膨みぬ一枝欲しと思ひのはしる

平成二十七年四月

雪割れば大谷《おおたに》渡《わた》りの緑濃き葉裏に密《ひそ》と春待つ虫ゐぬ

平成二十七年四月

白き梅一輪咲くと誘ひあり訪《と》ひたる深く雪残る庭

平成二十七年五月

激《たぎ》つ波岩を洗ひて淵《ふち》に落つ飛沫は岸の若草に降る

平成二十七年五月

薄墨の色して桜暮《くれ》泥《なず》む杜《もり》の小道を覆ひて咲きぬ

平成二十七年五月

野は遥か若草色に輝きて川沿ひ群れて鳥は飛びゆく

平成二十七年五月

谷沿ひの小路《こみち》を行けば浅緑若葉香りて春の蝶舞ふ

平成二十七年五月

乙女らの語らひ明るき春の声新芽の下の椅子は黄緑

平成二十七年五月

連翹《れんぎょう》の枝しなやかに伸びのぼり松の間に淡く咲きはじめたり

平成二十七年六月

あたたかき雨に洗はれひと冬の埃のとれて柳は芽吹きぬ

平成二十七年六月

雪解水《ゆきどけみず》音たて流る湿原の水芭蕉《みずばしょう》は白く浅瀬に揺るる

平成二十七年六月

小鳥集ひ若葉の枝に囀《さえず》るを打ち消すがごと春蟬はなく

平成二十七年六月

雪解《ゆきど》けの水量増して響き落つ白蛇《はくじゃ》の滝《たき》はいよいよ白き

平成二十七年六月

湿原の小高きところ地を這《は》ひて千島桜《ちしまざくら》咲く白く小さき

平成二十七年六月

夏鳥の集《すだ》き賑はふ深き森湿原までの道《みち》尚《なお》遠《とお》き

平成二十七年六月

梢には人の手届かず桜桃《さくらんぼ》まつ赤に熟《う》れて夕陽に光る

平成二十七年七月

大雪《だいせつ》の森《もり》のガーデンコンサートフルートにあはせ蜆蝶《しじみちょう》舞ふ

平成二十七年七月

雨しとど降るなか軒に宿りして甘き香《か》湛《たた》へて卯《う》の花《はな》咲きぬ

平成二十七年七月

菜の花は丘の虹越え遥かまで雨に洗はれ黄に咲きにほふ

平成二十七年七月

丘の家は菜の花の黄に囲まれて人絶え静かな夕ぐれとなる

平成二十七年七月

朝の陽を通さぬ程に葉は繁り栗は花咲く強くかをりて

平成二十七年七月

しまえびを漁《いさ》りし白帆《しらほ》のうたせ舟なぎの海静かに滑り帰り来《く》

平成二十七年七月

夏草の繁れる中の木苺《きいちご》は赤く実りてかすかに揺るる

平成二十七年八月

葉も花も淡き緑の蔓《つる》人参《にんじん》夏草の蔭遙か伸び来《き》ぬ

平成二十七年八月

夏草を刈れば幼なく翅《はね》のなきいとどは惑《まど》ひ石にあたりぬ

平成二十七年八月

狭き庭に赤とんぼきて蜘蛛の張る網を巧みに避けて飛びゐぬ

平成二十七年八月

草深く繁れるあき家庭荒れて野生にもどりてつるばらは咲く

平成二十七年八月

一瞬の輝き競ひ空に咲き花火は闇に吸はれ消えゆく

平成二十七年八月

精霊棚据ゑればこほろぎ出で来鳴《き》くまだ夕暮の庭は暑きに

平成二十七年八月

外灯に浮きたち清《さや》か大手毬《おおでまり》際《きわ》だち白き夏の夜の庭

平成二十七年九月

風立ちて驟雨《しゅうう》過ぎゆく庭はづれ野菊の蔭に邯鄲《かんたん》は鳴く

平成二十七年九月

ジョギングの後と若き娘《こ》近づきぬ桑の実色に唇染めて

平成二十七年九月

荒磯《あらいそ》の丘に地を這《は》ふ風露草《ふうろそう》海の碧さに染まりて咲きぬ

平成二十七年九月

桟橋にごめの群あり漁《いさ》り舟《ぶね》帰り来る見ゆ岬めぐりて

平成二十七年九月

坂道にどんぐり落ちてころがればりすは追ひかけ跳びて拾ひぬ

平成二十七年九月

風に揺れ朝日に光る花の叢《むら》坂道に沿ひ丘まで続きぬ

平成二十七年十月

軒伝ひ朝顔の花咲き初《そ》めぬ晴れたる朝《あした》色鮮やかに

平成二十七年十月

目眩《めくるめ》く程に切りたつ峠道高き峰《みね》峰《みね》競ひてならぶ

平成二十七年十月

あたたかき陽ざしの中に遅れたる野菊は開きて花あぶ飛びぬ

平成二十七年十月

金蓮花《きんれんか》地を這《は》ひ伸びて黄に咲けば古き垣根も明るく映ゆる

平成二十七年十月

霜枯れの岸辺の草に夕陽さし羽づくろひをする水鳥の見ゆ

平成二十七年十一月

木《こ》の葉《は》散り庭に射す陽は明るくて暖かき光は部屋に入《い》り来《き》ぬ

平成二十七年十一月

夕暮の坂道下草秋の色雨後《うご》の並木は匂《にお》ひも甘き

平成二十七年十一月

縞蛇《しまへび》は脱皮で変身巧みなり谷地《やち》の繁みに滑りて消えぬ

平成二十七年十一月

庭のみつばは食べ盡《つく》したり揚羽《あげは》の子枯葉の間に蛹《さなぎ》となりぬ

平成二十七年十一月

南瓜運ぶ車が通る遅咲きの向日葵《ひまわり》畑の続く坂道

平成二十七年十一月

赤き実をたわわにつけし萬両《まんりょう》は庭に残りて初雪被《かぶ》りぬ

平成二十七年十一月

萱《かや》の穂は揃ひて茂り柔かく吹く秋風に静かに揺るる

平成二十七年十二月

風にのり萱《かや》の穂《ほ》綿《わた》は飛びたちぬ小春日和の沼にむかひて

平成二十七年十二月

雲間より下《お》りて落穂《おちぼ》を拾ひたる白鳥は葦《あし》の繁みに行きぬ

平成二十七年十二月

流木に乗りて淵《ふち》に来《き》水鳥は翼大きく拡げて飛びぬ

平成二十七年十二月

雪交じり雨降り煙る寒き朝啄木鳥《きつつき》朽木をしきりに打つも

平成二十七年十二月

渡ること忘れて若きむくどりは師走の庭に凍《い》て土《つち》打つも

平成二十七年十二月

リースには松かさつけて掛けたれば四十雀《しじゅうから》きて朝は過ぎゆく

平成二十七年十二月

冬至近き満月の夜に雪深く積みたる道の木の影長き

平成二十七年十二月

歌集　木洩陽（上）　こもれび

二〇二二年八月八日　初版発行

著　者――東　幸盛
発行人――山岡喜美子
発行所――ふらんす堂
〒182-0002 東京都調布市仙川町一―一五―三八―二F
電　話――〇三（三三二六）九〇六一　FAX〇三（三三二六）六九一九
ホームページ http://furansudo.com/　E-mail info@furansudo.com
振　替――〇〇一七〇―一―一八四一七三
装　幀――君嶋真理子
印刷所――明誠企画㈱
製本所――㈱松岳社
定　価――本体三〇〇〇円＋税
ISBN978-4-7814-1459-1 C0092 ¥3000E